Patito y Pollito

Adaptación de Mirra Ginsburg
del cuento ruso de V. Suteyev
versión en español de Mónica Reynoso
ilustrado por José Aruego y Ariane Dewey

Macmillan/McGraw-Hill School Publishing Company
New York   Chicago   Columbus

ACKNOWLEDGMENTS

PRODUCTION: The Hampton-Brown Company

This edition is reprinted by arrangement with Macmillan Publishing Company.

PATITO Y POLLITO a translation of THE CHICK AND THE DUCKLING by Mirra Ginsburg. Illustrated by José Aruego and Ariane Dewey. Text copyright © 1972 by Mirra Ginsburg. Illustrations copyright © 1972 José Aruego. Translated with permission of Macmillan Publishing Company. No part of this book may be reproduced or transmitted in any form or by any means, electronic or mechanical, including photocopying, recording, or by any information storage and retrieval system, without permission in writing from the Publisher.

For information regarding permission, write to Macmillan Publishing Company, 866 Third avenue, New York, NY 10022.

Macmillan/McGraw-Hill School Division
10 Union Square East
New York, New York 10003

Printed in the United States of America
ISBN 0-02-177946-5 / 1, L.1
    4 5 6 7 8 9 BCM 99 98 97 96 95

para Libby

Patito salió del cascarón.

—¡Salí! —dijo Patito.

—¡Y yo también!
—dijo Pollito.

—Voy a dar un paseo
—dijo Patito.

—¡Y yo también!
—dijo Pollito.

—Voy a escarbar un poquito
—dijo Patito.

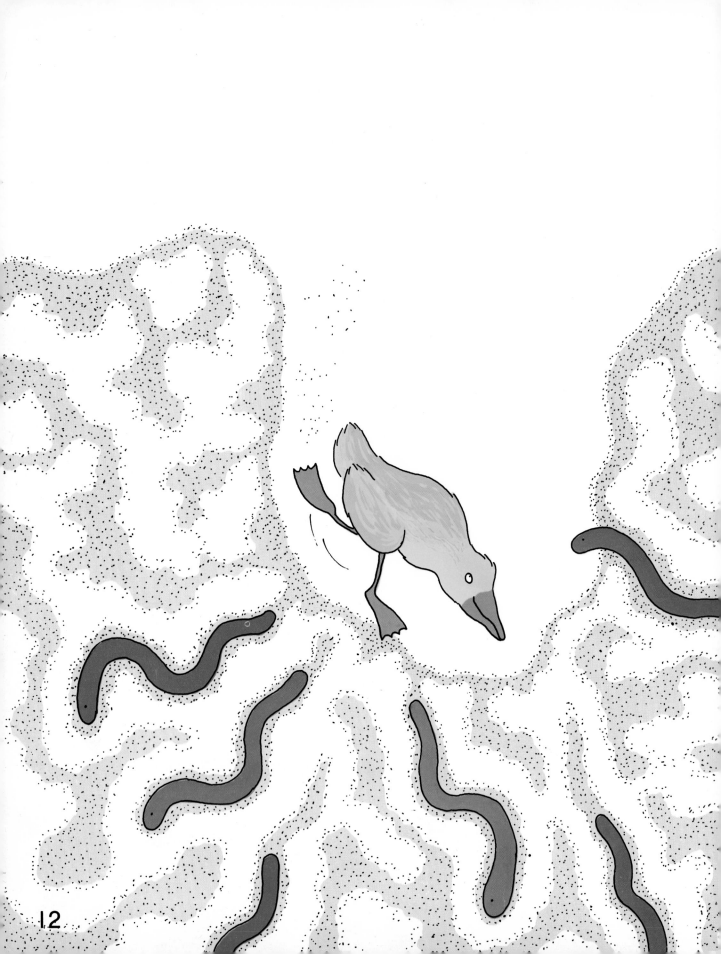

—¡Y yo también!
—dijo Pollito.

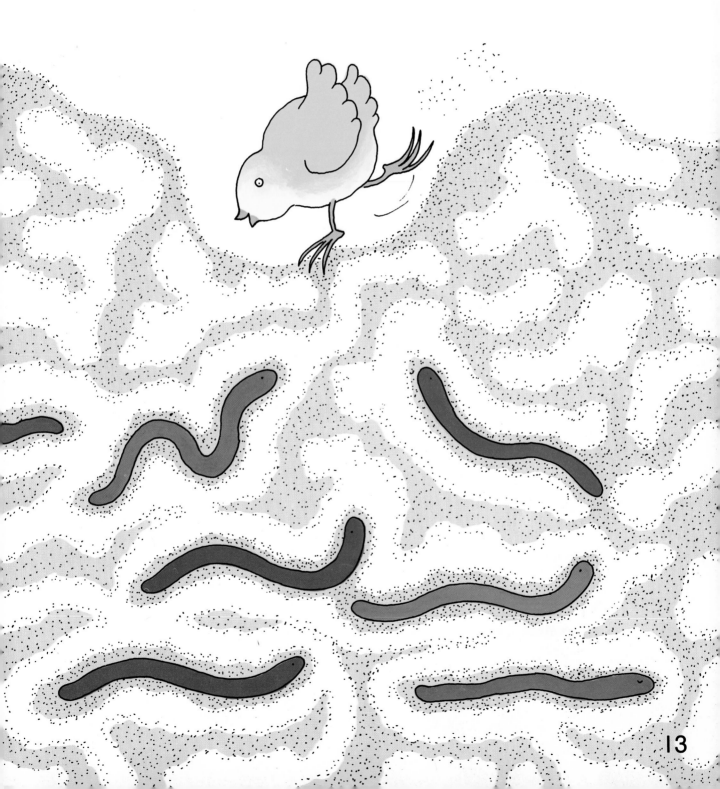

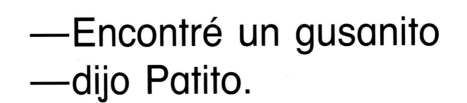

—Encontré un gusanito
—dijo Patito.

—¡Y yo también!
—dijo Pollito.

—Atrapé una
mariposa
—dijo Patito.

16

—¡Y yo también!
—dijo Pollito.

—Me voy a dar un baño
—dijo Patito.

—¡Y yo también!
—dijo Pollito.

—Estoy nadando
—dijo Patito.

—¡Y yo también!
—dijo Pollito.

Patito sacó a Pollito
del agua.

—Me voy a dar otro baño
—dijo Patito.

—¡Yo no!
—dijo Pollito.